Poesia Original

CARTOGRAFIA DO ABISMO

Cartografia do abismo

RONALDO CAGIANO

Poemas

1ª edição, São Paulo, 2020
3ª reimpressão, 2025

LARANJA ● ORIGINAL

Quanto abismo cabe
na palavra abismo.
ADEMIR ASSUNÇÃO

Edificar abismos parece ser
a minha maior urgência.
ADÍLIA CÉSAR

O homem mede o abismo
na solidão dos seus dias.
EVERARDO NORÕES

Amanhã iniciarei a longa cartografia
que me fez chegar aqui.
LUÍS QUINTAIS

Diante de mim tenho o abismo,
deve ser isto que chamam liberdade.
MÁRCIA CAMARGOS

Toda a palavra é um
abismo de luz.
MARCO LUCCHESI

O abismo abre-se sobre o nada.
O nada que a sua alma tão bem conhece.
Desde cedo.
MARIA TERESA HORTA

ESPÓLIO

Habitante de geografias desimportantes,
percorro a existência no fio da lâmina
no rumor dos lutos,
enquanto o mundo é pura dissipação
quando o tempo me assedia
com seus trovões a relinchar
      num relógio que me acena
com ponteiros
        predatórios

Mas a carne das palavras
me retroalimenta
em meio à fragilidade do caos
e ao tumulto barroco das minhas insônias.

No esquecimento do que sou, fui ou tive,
a nutrição da memória
se abastece no farnel das impossibilidades,
quando fui pastor de tempestades
conduzindo pavores e silêncios
insultando o percurso
com minhas dores.

No meio dos meus fantasmas
nomeio minha precariedade
como saldo de inexistências.

Homem perdido entre as ruínas do desastre,

sou esse solitário cardume na escuridão
escrevendo para suportar os estatutos de Sísifo
atirando contra os túmulos
e afrontar suas bocas famintas.

ALÇAPÃO

Arquivo cruel é a memória,
e nela estamos presos
como numa armadilha.
GILBERTO TADEU NABLE

Acesa como a verdade,
a lembrança é esse temporal que cresce
                    por dentro
mergulha-nos
num caudal
de desconfortos
e apreensões

CHEIAS

> *Este é o teu rio, a tua casa, o teu equívoco,*
> *a tua morte, o que te esquecerá.*
> LUIS QUINTAIS

Rio enlouquecido
violando as margens
(de)morando em nossas casas:

que naufrágios
mais
queres me impor?

Há um cais de insondáveis
razões a me esperar.

TIRANIA

Como a laboriosa faina
dos cupins
o tempo irrompe
na minha carne
avassalando obtusas galerias
na escuridão das vísceras

CORPO

Albergue de minhas
sucatas emocionais

MEMENTO MORI

Os anos e as estações
tatuados na epiderme
revezando intrigas com a saúde
com sua melopeia movediça
a nos sugar

O tempo,
esse morcego cego
a nos predar

em cuja engrenagem
a ampulheta e os ponteiros
nunca se fatigam

A morte,
sócia de Cronos
sósia do Senhor dos Infernos,
com seus alvarás de demolição,
já não é aquele nome
distante e impronunciável

ANOTAÇÕES

a) A hipnose das religiões
impondo os estatutos do temor
a dinastia da vingança
o verniz da hipocrisia
a saliva moralista

b) Inquilino do não-sabido,
a saudade prostituta
anfitriã dos (meus) pecados

c) Quanto mais catástrofes
menos estrofes

d) O homem: asas aflitas ao amanhecer
perdido ante o vulto
do insondável

e) A vida: essa máquina profunda
de gerar vertigens

f) Tudo sucumbe ao pó
nada resiste ao vazio

TEMPUS FUGIT

Máquina de sulcar a pele
com seus mapas de devastação,
o tempo tudo espreita
com suas garras
de metal e veneno

Tudo inóspito
como a vida

enquanto a memória,
essa anfíbia criatura
visitando passado e presente,

rege a sinfonia
                    do caos

LUTO

A saudade dói como um parto,
mas nenhum fórceps
te trará de volta

No percurso da tua ausência
equilibro-me numa lâmina atroz

e essa memória,
verme ancestral que nunca dorme,
avança com sua

        inseminação de desalentos

URGÊNCIA

Embrião de dores

Habitante da erosão dos sonhos

Passageiro de vertigens
com devoção a Thanatos,
nessa existência entre estresses,
vou tentando a fuga para o anonimato
em meio à tirania do inevitável
  à perpetuidade do

efêmero

  Viagem de sobressaltos

MOLDURA DO INVISÍVEL

De dias horas meses anos décadas
fez-se (ess)a vida

entre

sustos senões simpatias sagrações

severas surpresas

O tempo veio
com suas espirais de engodo
e um arsenal de desacatos

com o punhal de sempre

       dilatando seu *passe-partout*
no insondável
enquanto a cronologia (cavalo alucinado)
com sua foice acariciando a garganta
diminuía a vida

E no agreste campo do olhar
mirei o invisível
destino

Animal ferido
na surdina

DESABRIGO

Transatlântico sulcando um mar de venenos
miséria inseminando catástrofes

Para além do pânico
muito antes da noite
uma angústia de pedra
ergue suas catedrais
no embaraço da minh'alma

Existir:

voracidade dos vermes
no banquete das vísceras

volúpia de lâminas
na garganta.

DESERÇÃO

(nem) toda fuga
é traição

PASSAGEIRO DA VÉSPERA

E transporemos
sem náusea
a tragédia do existir

Milagre
ou resistência?

A flor atônita
desmoronando
sob o véu da madrugada

Serpentes na epiderme
cobiçando as vísceras

A velhice
com suas garras afiadas
é um país
de muitas incertezas
nação desprovida
de milagres
ou ascensão

Esse comboio de artroses
estacionado
na noite indissolúvel
que se insinua de todos os lados

As ferozes
raízes da morte
impondo
a substância do pesadelo
no tumulto químico do fim.

EXPLICAÇÃO DO FIM

Vergonha escondida
na maçã do rosto

Tão verídica
como o catarro
na garganta,
a hora derradeira
já não apascenta
os meus temores

Contra a noite do dia,
a Noite
pura e indesviável

Esse silêncio
habitando-me feito o outono
quando as árvores
fecham suas pálpebras
e o homem é pássaro ferido
abrindo suas asas
para o esquecimento
ou a devastação

E a minha melancolia
é uma casa
com muitas portas,
sem janelas

Lágrimas no vazio do existir:
um homem que sangra
como um olhar
refugiado na paisagem

A penicilina não cura
a infecciosa morte

LITURGIA

O sino provecto e exausto
badala o inútil

Essa solidão soletrada
na boca do destino
trazendo secreções de engano

Quando a noite espalha insônias,
o meu rosto coreografa horrores

Tu és tão certa, ó, Indesviável.

DA INILUDÍVEL

Como a noite que nunca se fatiga

    ovelha fatal
    em núpcias com a escuridão

a espera inútil avança,

satanás dentro das artérias

Tempo de coturnos
semeadura de noites

e um homem desabitado
em meio aos seus abismos

DESENLACE

Naquela madrugada
– país povoado de murmúrios –
a Sinistra Foice visitou
a casa vizinha

Ao amanhecer,
senti a magnética
sensação do vazio,
quando o carro da funerária
desembarcava aquele baú
sem retórica nem avisos,
que marcou para sempre
minhas retinas
ainda não fatigadas

17.08.2017

> *O que morria contigo não tinha fim.*
> MARIANA IANELLI

Trinta anos sem Drummond.

E sem
 o itabirano
nossos ombros
não suportam (mais) o mundo.

NATIMORTO

Estou agora onde não deveria estar
porque estive sem bússola
no coração do instante
com suas garras de fogo e aço
a grilar as entranhas
daquela que me par(t)iu

Nessa madrugada sem fim
(mais escura que a placenta-aconchego),
a verdade acrobata
viaja no dorso indócil e clandestino
de um projétil alucinado
em seu fatídico percurso

                    bala alada que abala

feito Zéfiro indisciplinado
penetrando o ventre inocente
interditando meus amanheceres
cambises a decretar
                    fatal sentença:

húmus na necrópole,
antecipação do meu abismo

PÓRTICO

Da janela
esquartejo a montanha
e não consigo
domar a angústia
do que está além

Debruçado
nessa geometria,
labirinto sem respostas
              nem saídas,
sou ave
desidratada
pelo deserto que os olhos
                  contemplam

APÓCRIFO

O poema
            nasce
e esteriliza
o nome feio das coisas:

            guerras
            atentados
            fome
            miséria
            corrupção
            preconceitos
            escravidão
            sectarismos suicidas
            servilismo religioso
            ditaduras

A palavra
            irrompe
neutraliza os
homens em
cujo ventre
o placentário veneno
a irradia

CENA

Oblíquo,
um homem atravessa
a rua ao meio-dia
e seu corpo é um baú de cansaços
onde labirintam esconsos mistérios

Enviesado,
não se importa
com metafísicas nem chocolates
e nenhuma tabacaria por perto
secreta o espanto
que o habita

Silêncio
e vômito
apascentam
essa solidão ambulante

VÍBORA

Vibra
nessa hora
o chicote da verdade

embora
no suor dos que
resistem

ainda é anêmica
a pólvora
que a(s)cenderá
o grito

CALENDÁRIO

Finjo que os dias
não correm,
mas a ferida aberta
em meu peito,
a cartografia de rugas
mapeando meu rosto,
(parceiras indeléveis de Cronos)
desmentem
a soberba necessidade
de camuflar o tempo

DIAGRAMA

> *Os meus mortos deram-me versos,*
> *assombros – um rio acampado na memória!*
> ZETHO CUNHA GONÇALVES

A morte é esta certeza exata e simples:
os mortos tão mais vivos do que nós!

Eles são nossos, caminham conosco,
haja chuva ou faça sol,
nos feriados ou nos desastres.

Semeando passados
nas necrópoles,
inertes em seus corpos
fracassados,
inermes com seus braços
derrotados,

não sabem de
                    sóis
ou de
                    luas
nem da crise dos refugiados

não procuram respostas
nem oferecem rosas

contemplam a inércia

dessas vidas
     desmontadas

inexploram a fadiga
de seus neurônios
          desconstruídos

para entender
numa casa sem entradas nem saídas
a inexistência compulsória

Dizem-me mais sobre a desrazão,
da inutilidade
daqueles que emudeceram,
e estão ali para lembrar
o que já não somos nem seremos

E já não será necessário digladiarem
contra as incertezas do amanhã

CEMITÉRIO

Presos
ao inominável,
contam as horas com o silêncio
medem o tempo com a escuridão

Na cidade subterrânea
que cresce todos os dias
sem janelas nem congestionamentos
fermenta-se um mundo
que nunca morre.

TARDE

E agora, ao rés de tuausência,
o tempo, a cidade, as coisas,
a vida indexada de horrores,
revestem-se
de cinza e espanto
nesse outono
e seus dilúvios
nessa tarde
de azulejos quebrados.

Apenas uma esquina
para sermos de todo
               esquecidos.

Antecâmara do invisível,
a curva da estrada,
tal como o rio que despenca na cachoeira,
carrega o que sobrou de nossas manhãs
e das intermitências do coração.

DE AMAR, DESAMAR

Não era tu que vinhas,
fragmentada e inútil,
quando passastes sem me ver

O que restou
depois de tanto nos perdermos
foi essa consciência da inexatidão
e fugacidade de todos os gestos

Foi isso,
que em teu corpo
modelado por tanto peso
agora transita diante de meus olhos,
tão pousados
no anonimato

Se estou
se não me vês

Se te vejo
e não estás

é em mim que o abismo,
inimigo invencível,
se bifurca
num labirinto
de novas
mortes

VIAGEM AO CORAÇÃO DO INSTANTE

Volto após tantos incêndios
terem consumido os passos

depois de latitudes
em que o corpo destinou-se à inútil
mendicância de afetos

Um homem apenas,
anoitecido após ceder o fígado
a Prometeu

depois de rolar, insistente, a pedra
e voar com asas de cera
                tão perto do sol.

Do tumulto barroco
de minhas ideias
emerge o fogo-fátuo
de uma esperança
bêbada de inércia

GLOSAS

1. À maneira de Francisco Alvim:

Quer escutar?
Veja.

2. À maneira de muitos:

Eu só digo uma coisa:
não digo nada.

E digo mais:
só digo isso.

FRAGMENTO

*Nesse abismo, a noite esplende
e o dia mostra a tua treva.*
ADALBERTO ALVES

De nada nos apartamos.

Eis a floresta de angústias
que, mal nascendo a manhã,
germina à nossa mesa.

Nunca é tarde
para crescer o desalento
diante do caos e do abismo
que não hesitam
nesse tempo sem tréguas.

Essa a ferida de cada dia
a nos alimentar com a dor
que emana de outros continentes
os mísseis tsunamis balas perdidas atentados propinodutos
que fertilizam os obituários,
húmus dos homens
que empunham a caneta
com seus estandartes de fogo
seus vórtices de mentira
suas serpentinas de ódio
a nos ceifar,
tão soberbos e sem alma

E nossos corpos se abrem
para enterrar outros corpos
e não trair a exatidão aritmética
e unânime das trevas.

VELHO TESTAMENTO

No princípio
era a verba.

OUSAR PARA NÃO MORRER EM VIDA

Virgínia escondeu-se no fundo das águas
medusa procurando a vida não vivida
entre a flora baldia do Rio Ouse
onde adormecem antigos anzóis
que pescaram a alma oxidada
dos que cansaram
                    de viver

Esta a lucidez
            que nos habita:

saber a hora do naufrágio
antes que nos afogue
a pedra tumular que nos
                        engasga

                    no imenso mar de tantas dores

OBSERVATÓRIO

Às sete horas da manhã
  (quantos já morreram na Síria ou no Complexo do Alemão?)
  (quantas foram estupradas na África ou no Afeganistão?)
o vizinho escarra e se contorce na janela
procurando não sei o quê
observando o dia
que mal começa
          já cheio de fatalidades.

Eu tomo café
entre prestar atenção
em sua imodesta coreografia
(pigarros sussurros flatos estilhaços de olhar)
e a rubiácea que, inerte, esfria
e me requisita
como um cão a me olhar
sem dizer nada

Mais exata do que nós,
em algum lugar do País
uma bala perdida
achará seu lugar

REGISTRO

Nesse tempo de absoluta dissolução
sou contaminado e salvo pela poesia,
antídoto contra
o veneno dos dias

Já não me importam
a falta de paciência do motorista
os corações duros dos auditores da Receita
a avidez usurária dos bancos
a tempestade de ofensas
do parlamento acanalhado
o roubo nas estatais
a queda do PIB
a crise do euro
os disparos de Kim Jong-un
os disparates de Trump
a poligamia de Jacob Zuma
a hipocrisia soberba dos evangélicos

Meus versos não estarão em repouso
como a indolência que caminha
passo a passo
no ritmo de todas as coisas

Vou de mãos dadas
com o verbo
e com sua pá,
                    lavratura

adestrando
o terreno infértil

PALIMPSESTOS

Sob a pele das palavras
mil mundos me contemplam
com um desafio de esfinge:

palácios
cemitérios
a náusea das guerras
as nódoas do tempo
os compulsórios desertos
a teia da aranha
a teoria da relatividade
a muda órbita dos planetas
o homem sem qualidades
a quadratura do círculo
os contornos do abismo

O vocábulo
se espraia sobre
cada gesto
                desejo
                centelha
                ameaça

e cada espinho que não vejo
                e piso
socorre-me do
anonimato

ajuda-me a dissecar
o que ainda não
                        vivi

Nesse tempo
de angústias em pleno cio
de temores soletrando tragédias
de ventos semeando esbulhos
em seu roteiro por
esquizofrênicas pastagens,

o verbo me devolve ao éden

BRONZE

> *Na gramática do tempo consuma-se*
> *a linguagem perfeita das estátuas.*
> EVERARDO NORÕES

Na praça do mesmo nome
passo em frente
ao busto inerte de Getúlio Vargas
e saúdo as aves veteranas
que há décadas depositam em sua cabeça
camadas excrementícias
batizando o metal sem vida.

Olho ao redor
e a vida invertebrada
de vaivéns indiferentes
não se atém
à inutilidade de todas as homenagens

Mergulho na tarde
que, melancólica e sem pressa,
rumina a cidade
em sua imutável e desértica
condição
com seu tempo siderúrgico
endurecendo os pulmões

Atônito entre os labirintos
de provincianos disfarces,

retido na indecisão
de desconhecidos atalhos,
perco o fio dessa meada urbana,
carrego o pesadelo dos dias
e me enfurno na paisagem

FLAGRANTE

A máquina alucinada
perfura a madrugada
como uma bala perdida:

o apito da velha maria-fumaça
ainda percorre os meus tímpanos
como um susto na escuridão.

Meu quarto, que não tinha ouvidos,
mas um rebanho de sombras,
ensurdecia-se ao prenúncio do longo grito,
lamento rascante da fera metálica
violando a janela do antigo menino
povoado de cicatrizes

E os dias nasciam pontualmente
e incólumes
sem nenhuma culpa
                    nem revoltas.

(DES)AMAR

> *o desamar sim*
> *se desaprende*
> GUILHERME GONTIJO FLORES

Inapreensível
como um voo na madrugada,
o teu amor (aprendizado da negação)
converteu-se em miragem
                    ou silhueta tatuada no vazio
habitando os labirintos
da minha insônia
com seu batalhão de angústias.

No incorpóreo encontro
em dissolutas latitudes
a festa da desilusão
oferta um banquete de
                    impossibilidades

HESÍODO

O tempo,
           workaholic desde o fundo das eras,

feito a ferrugem,
nunca dorme:

os trabalhos e os dias
como sádica
diversão

O seu livro de obituários
nunca saiu
da lista dos mais vendidos

RENDIÇÃO

E assim contam-se vida e seus escombros
que um dia se partiram nos meus ombros.
RUY ESPINHEIRA FILHO

No pesadelo dos
escombros,
o que outrora
fora pecado ou dilema
agora é imenso mar onde naufraga
o não vivido
onde arquivo calos e miasmas
no lúgubre roteiro da memória
no desabrigo dos espelhos
que hibernam os vestígios do inaudito

O amor que não chegou a ser,
penetra indócil esse tempo sem passados
como uma chave na dobradiça
enferrujada

E lá dentro,
alcova de mistérios,
eu ainda amando o sem-nome de todas coisas,
aranhas devoram as sombras
do homem provisório

À DERIVA

O mundo é essa nau em desgoverno
que insisti em prender
em minhas mãos inábeis
como aqueles barcos de papel
que eu lançava na enxurrada
e interceptava na esquina
antes de adernar no córrego sujo

Não, eu não pude com seu
pesado trajeto
sendo arrastado na correnteza febril
da realidade e dos exílios

esse objeto sem tamanho e sem rumo
que não cabe nos meus olhos
nem conhece o rosto da minha amada,

de onde emergem as perguntas
que nunca saberei responder

Endereço onde moram
todos os abismos

POEMA SEM EXPLICAÇÃO

Minha alma continua lá,
prisioneira das vertigens,
inquilina dos abismos.

ILHA

> *Os paralelepípedos espelhados*
> *não respondem*
> *às palavras de ordem*
> *da multidão.*
> DANIEL JONAS

Nessa megalópole
       pressurosa,

gleba de solidões e algemas,
flor desidratada num jardim inexistente,
testemunha de tantas ruínas,
serão inúteis todos os apelos,
todas as esperas infrutíferas:

em sua vida desarticulada
e repleta de mortes insones,
que não se fatigam nem enferrujam,
o homem não tem saídas
e se desconstrói em anonimatos
nas palavras escondidas
em meio à multidão
de cáries no asfalto.

COLHEITA DE DESALENTOS

A fome que arde nos ventres
anoitece a febre de esperanças
no irreversível luto
das bocas sem o pão de cada dia
onde a ferida é tão imensa
que decreta abismos
na carne
sem provisões

Fruta nascida
do desalento
da mesa vazia
multiplicada
num pomar estéril,
este vizinho
de infecundos
jardins,
onde amadurecem minhas insônias

MENU DO DIA

a bala perdida
devassa a vida
com escárnio
e impunidade:

refeição indigesta
posta à mesa
ainda na antemanhã
roubando o brilho do sol
plagiando o negrume
                    da noite

DIALÉTICA CONTRÁRIA

A vingança chegou a jato,
aos vencedores nem as batatas
desapropriaram o poder
com o lamento subornado das ruas
semeando voragens & astúcias
no rebanho febril dos vampiros

Congresso decretando regressos
com sua máquina de triturar
suas verbas alucinógenas sequestrando amanhãs

temp(l)o de artimanhas
e de ventos assassinos
cavalgando na crina
                    das fúrias

erguendo um anfiteatro
de homens mutilados

EXÍLIOS

Na exaustão das horas
a cidade se contorce
para não sucumbir
                    aos punhais
e à rude oferenda
                    de silêncios

Na legião de espantos
o rebanho de homens incompletos,
vassalos do indizível
em sua metálica e burocrática condição,

tenta sobreviver
à didática das sombras
e às engrenagens da ilha urbana
coração aviltado
com suas coronárias entupidas
de lixo emocional

A vida com suas pesadas
                            noites
e seus túmulos de utopias
escreve-se com a caligrafia do Diabo
enquanto as mentiras de deus
florescem
num pomar de enfermidades
amadurecendo os embriões
                        do abismo

DEAMBULAÇÃO

Percorro a cidade
como o sangue em minhas veias,
um ri(t)o fúnebre:

em suas entranhas
encontro um mundo de silêncios

Intestina é essa realidade
cevada nos escombros & miasmas
digerindo cristais de ódio
com seu pressuroso
fluxo de anonimatos & escuridão

Com minhas pernas
                    inábeis,
em vão
penetro o coração da metrópole:

entre sistólicos desenganos
nas suas tardes cardíacas e mutiladas

o pulmão secreta
                    hipertensos mistérios
num rebanho
de vazios.

A CASA

Corredor de tantos
dejetos e fantasmas,
nossos inquilinos
                sem pudor.

CENÁRIOS

> *A cidade desaparece dentro da cidade*
> *como o mar naufraga em outro mar.*
> DANIEL FRANCOY

Homens nos coletivos lotados
(boutique de manequins se equilibrando)
em sólida alienação
nessa tarde
de crepúsculos escorregadios
e gestos recolhidos

Algazarra de buzinas
anunciando urgências
isentas de dignidade
nessa cidade convulsiva,
arquipélago de cáries
com seus rios divergentes
de automóveis flatulentos

Algaravia de camelôs
disputando sobrevivências
em sua renovada angústia
contra o dialeto das fomes

Dentro de casa
entre sombras & sustos
os álbuns de retratos expectam
a infância abortada
e décadas de silêncios

No balé das moscas
que se alimentam
dos restos de um inóspito tempo
estaciono os olhos que,

feito lagartixas,
escalam a parede
e as fotografias desbotadas
numa vã procura
do meu destino.

DOMINGO, À TARDE

Você deitada,
enquanto meus olhos passeiam
nas extremidades do seu corpo:

visão primordial
contra o mundo esquizofrênico
que percorre sua rotina de queixas
empunhando um arsenal de desalentos

Aqui dentro: dádiva de Eros

Lá fora: campo de delitos

TATUAGEM

Observo a lesma
com seu rastro de baba
tatuando o muro
buscando asilo
na liturgia
de muda órbita

Na penumbra
seu corpo franzino
e líquido
flutua no intangível
imune à usina de lamentos

Paciente itinerário
deixando vestígios
no pressuroso garimpo
dos tempos,
com seus dias
grávidos de ausências

Não precisa pensar
nem emitir conceitos
ou disputar com os vermes
nem com a solitária buganvília
o segredo das coisas

mas sua marca
esculpindo mistérios

desafia a abissal
incompletude de tudo
com seu bordado
percorrendo uma geografia
de pesadelos
asperezas
e funerais
                no degredo de cimento e tijolos

Intruso animal que me desafia
como um poema de Paul Celan,
o grito de Munch,
um filme de Lars von Trier
o suicídio-fuga de Walter Benjamin em Portbou
o .38 alucinado nas mãos de Mark David Chapman,
imagine, na vigília do Edifício Dakota,
ou aquele sargento
que matou García Lorca
na pusilânime tarde da Andaluzia

INDAGAÇÕES

De que latitudes
vem o meu espanto?

De que abismos
recolho os ossos
de tantas vidas apartadas?

Não há pausa
para os pesadelos?

Por que procuro, em vão,
o céu que não existe,
se pastoreio vertigens
          e coleciono tempestades
          em meio aos esqueletos
das manhãs
e à desordem dos calendários?

Por que ir tão longe,
se no corpo da amada
há o decalque de outro amor
e carrego comigo
o anonimato das samambaias
e o vício das tormentas?

Eu, tecelão de misérias,
(com essa solidão sem pés nem cabeça),
como posso neutralizar meus assombros

nesses magazines de dissabores,
se a alma é um deserto impune
e o pão que o diabo amassou
alimenta a fome das estatísticas?

DISSENSÕES

Falam com eloquência canina
sobre a guerra na Síria
e discorrem sobre o combate ao terrorismo
com a potência indignada
dos monopolistas
de uma funesta verdade

Muito mais perto
está a bala perdida
que fere sangra humilha animaliza mata
mas não comove nem mobiliza
como a tirania feroz
dos talibãs
a impune viagem dos mísseis da OTAN
ou a fúria assassina
do Estado Islâmico

A morte,
que não morre nunca,
tem endereços diferentes
tem dois pesos
            e duas medidas

E os homens,
sem perplexidade ou culpa,
continuam im(p)unes
em suas rotas de fuga
apáticos na zona de conforto
de suas ideologias

GRAFITO NO WC

Triste sorte
triste sina
a do poeta
de latrina

SÍSIFO

Tento escrever um poema
entre o ontem e o abismo
que me separam do futuro

O presente
essa montanha íngreme
com sua escaldante jornada,

onde em vão rolo meus versos
e corro atrás das palavras

Subo e desço
e não (me) encontro
(no) rumor dos dias

Fico com o suor
e as lágrimas

e um fígado
de Prometeu

URGÊNCIA

É necessário conhecer seu próprio abismo.
E polir sempre o candelabro que o esclarece.
MURILO MENDES

Adestrar o abismo
para que a sua fúria não me devore

Enganar o abismo
para que sua fome
não alimente a minha queda

Apagar o fogo
do abismo
para que suas chamas
não me consumam

Estancar a febre
do abismo
para que sua doença
não me inflame

E se ainda
houver abismo,
saltar sem trapézio
sobre a vertigem

em busca da
 Terceira Margem

CATÁLOGO FUNERÁRIO

o diploma de datilografia
a flâmula da inauguração de brasília
o monóculo com a foto do cristo redentor
a fita k7 com o hit parade de simon & garfunkel
telecath montilla com ted boy marino
autorama do vizinho rico
o conga surrado da quinta série ginasial
futebol de botão
carretinha de rolimã
o telegrafista da estação da leopoldina
xereta instamatic da kodak
miss brasil com chancela de maiôs catalina e helena rubinstein
nacional kid
o céu é o limite, com j. silvestre
um instante, maestro, com flávio cavalcanti
rádio relógio do rio de janeiro, você sabia?
almanaque do biotônico fontoura
o homem de seis milhões de dólares
desabamento do elevado paulo de frontin
o joelma e o andraus ardem em chamas
armando marques, clóvis bornay, evandro de castro lima
wilza carla é coisa nossa
capitão asa, madame satã, tenório cavalcanti & sua lurdinha
mariel mariscot, leopoldo heitor, dana de teffé,
ladeira do sacopã,
tenente bandeira, ângela diniz, doca street, advogado do diabo
repórter esso, testemunha ocular da história
quem sequestrou o menino carlinhos?

um cristo sangra em porto das caixas
shazan, sherife & cia
casas hudersfield, difícil de pronunciar, mas fácil de encontrar
depois do sol quem ilumina a sua casa é a galeria silvestre
o relógio maaaaaarca...

1001 utilidades

HIATOS

Nunca me interessei por matemática
nem futebol

Ainda não me apresentaram
a um duende
nem sei onde mora um político honesto

À parte isso,
minha solidão é uma imensa catedral
com suas gárgulas expectorantes

E de uma torre, enlouquecido como Ismália,
ponho-me a sonhar
com um voo sobre os abismos

Mas
essas asas de Ícaro
deixam-me com a pulga atrás da orelha

CONVERSA COM ADÉLIA PRADO

O trem
venha de onde vier
sempre vai pro passado.
RENATA PALLOTTINI

Esse trem que nos percorre
(em Divinópolis ou Cataguases)
penetrando
           a noite
           madrugada
           os dias
       dos nossos sentimentos

atravessa a vida
com seu comboio de mistérios

Ainda hoje
adula meus tímpanos
o apito da máquina alucinada
irrompendo feito uma catástrofe
pelas escuridões da infância
batizando a cidade
com seu metal sibilante
nos trilhos de tanta inocência

A maria-fumaça,
incandescente animal sem metafísica,
conhecia a mecânica de meus sonhos
quando deixava a plataforma
da velha estação
povoada de adeuses

Na sintaxe do chegar e partir
aquela locomotiva
ensinou o menino
a viajar pelas palavras

Agora,
serpente extraviada,
exilada no presente,
vem com sua ferrugem
e seus vazios
           roendo a alada
                     memória

LETE

O rio da minha infância
é um cemitério de anzóis

Em vão
tentei pescar
meus cardumes de sonhos

CATAGUASES

E assim se divide,
assim se parte
o rio. A infância
dum lado. Do outro
a terra firme
onde isso se passou.
PEDRO MEXIA

A cidade é atravessada
        pelo rio
como os homens
        flechados pelo destino.

O velho Pomba
da minha infância
divide Cataguases
                    ao meio:
traz em sua corrente epistemológica
todos os miasmas
                    separatistas.

De um lado, a opulência
                devastadora;

do outro, a torre imóvel
                dos apartados.

Entre as chaminés das
velhas fábricas de tecidos

e os morros usurpados
onde germinam
        desumanas catedrais

a vida passa
        como um funeral.

VISITA

> *... ó casa de silêncios e sonos tão longos.*
> ANTÓNIO RAMOS ROSA

No meio da sala,
sombras dispersas:
artesãs de mistérios

Na parede, erosões:
silhuetas do que foram
esses retratos de família

Na mesa,
resquícios de
um silêncio invertebrado
e contumaz

As panelas inertes
já não preparam
indigestas ceias

O peso das palavras não ditas
tatuadas no passado insepulto
nessa casa
de degraus sem rumo

Equimoses
nos frutos de nossa história

Crimes
no furto de nossas vidas

MEMÓRIA

Esse cavalo encilhado
que insiste em me buscar

ESCOMBROS

> *Nessa casa, cada um ficou abandonado*
> *num canto dentro do sofrimento.*
> JOSÉ LUÍS PEIXOTO

Velha casa abandonada
hotel de sombras,
cemitério de antigos
álbuns desbotados,
aterro onde as lembranças
são fósseis arredios:

em suas paredes
(onde aranhas tricoteiam outro destino)
traços de indeléveis trevas
vincando a memória
em cujo sótão
fantasmas interrompem
meu jejum de espanto
e um piano inerte
não silencia as traças.

No chão fertilizado
por estrumes de sedentários animais
fendas se abrem como feridas
onde o tempo se esconde
e a história se contorce
ante tanta desapropriação

Máquina do mundo,
o tempo ali, intransigente e pontual,
inflexível e fria criatura,
dá suas cartas e
sutilmente nos dissolve.

Mas a vida
– sempre ela –

pulsa
e
      repulsa

num rumor sem tréguas
acima do geométrico abandono
além de morcegos e gafanhotos
apesar da flor extinta
      e do canteiro de pragas, necrópole
onde vicejam esqueletos vegetais.

ATÉ QUANDO?

Os corações estão fechados
os cemitérios, abertos

Em vão caminham os homens
num mundo em estado de choque

Mergulho sem remorso ou alívio
num quotidiano
de fuzis e lágrimas

Eu morro primeiro,
só os dramas não envelhecem

Mundo mu(n)do, tão vasto e imundo,
onde o amar é quase nada

raimundos não sobrevivem

e a vida,
        ávida,
                este completo
                        chorar

CONFITEOR

Não creio em nada
nem em deus
nem no Diabo

Tenho vertigem a todas as religiões,
só o purgatório nosso de cada dia
ensina-me mais
que os evangelhos

O cotidiano
com seus marimbondos na epiderme
doutrina-me com outras homilias

Não aceito ditaduras
nem do clero nem dos políticos

Minha fé está nas livrarias
não em igrejas ou verdades únicas

Minha única Escritura
está no sacrossanto altar da Literatura

Meus santos, eu mesmo os canonizo:
Proust, Kafka, Tosltói, Drummond, Clarice, Machado,
Faulkner, Virginia, Pessoa, Céline, Genet, Rawet, Mann,
Lorca, Eça, Bandeira, Orides, Hilda, Piva, Ginsberg, Pound,
Llansol, Leminski...

Nem Gabriel nem Rafael:
meus anjos são os de Rilke

Não me venham com essa conversa fiada
de que Moisés abriu as águas do Mar Vermelho

Eu acredito mesmo é nas picadas que Rosa abriu no Grande
Sertão: Veredas da minha consciência

Se Cristo morreu por nós, problema dele,
(eu não dei procuração para purgar as minhas faltas)
pois o mundo continua na mesma merda

Nesse umbroso tempo de suntuosos templos,
de tantos delírios e outros delitos
eu permaneço do lado de fora

O que me salva do abismo
e seu arsenal de inquietações
                              é a PALAVRA,
é na fortuna de sua oficina que Maiakovski ensinou
onde pescar a que melhor convém.

RIO MEIA PATACA

> *O rio o animal mnemónico*
> *sabe erradas as palavras*
> *de que nos servimos para*
> *dizermos tudo*
> ANTÓNIO CARLOS CORTEZ

Na parca memória
dos anos de chumbo
outra ditadura
invadia nossas casas:

o ribeirão alucinado,
feito uma serpente líquida
irrompia contra o nosso sono
trazendo a fúria das nuvens
impondo sua gramática de subversões

Animal caudaloso,
com sua compulsória rotina
de detritos e lamas
sufocava as palavras
que já não podíamos
pronunciar

Na parca memória
daquele escuro tempo
outra tirania sufocava
e entrava pelas madrugadas:

chovia
chovia
chovia

e o tempo fulminava-nos
com seu rio vertical
punindo as vidas

ANOTAÇÕES NUM DOMINGO

Esse sol me esclarece
como Ungaretti *ilumina-me*
de imenso

No domicílio das árvores
os pássaros algaraviam
outra realidade
inquilinos de nenhuma
angústia

Em que outros jardins
a rosa de Hiroshima
há de semear seu repertório
de vinganças?

Em qual Nilo
as águas do insulto
continuarão a ganhar maturidade
e adubar as margens
com o ódio que não se exaure
com a noite eterna que não se fatiga?

Sarcófagos,
as casas enterram segredos
e no anonimato
de seu mobiliário
a poeira dos anos
se entorpece de passados

Em Damasco ou na Rocinha,
onde alguém está perdendo a vida,
os álbuns de família
contabilizam ausências
e são inócuas todas as dialéticas
(as filosofias não interditam atrocidades)

Enquanto os olhos mergulham no instante
(com sua hemorragia de pavores)
e o corpo abisma-se na escura solidão da metrópole,
a poesia recolhe os paradoxos

OUTRAS CIGARRAS
(VARIAÇÃO SOBRE UM POEMA DE INÊS LOURENÇO)

Agosto,
para muitos, mês de azares e de cachorro louco,
é o tempo das cigarras em Brasília

Contra a desértica estação
(guitarras habitando as laringes)
elas espantam a secura que blasfema o cerrado
e impõem contra o fel do tempo
o mel de sua ruidosa cantoria

Feito um intermitente zunir
de serra elétrica
cantam e cortam o silêncio
com seu congresso de sons,
enquanto o português
do Cachopa Restaurante
(haverá em sua terra a estridente sinfonia desses hemípteros?)
tenta em vão cantar um fado
e ofuscar-lhes a majestade.

Elas não sentem nem ouvem
essa melodia concorrente que atravessou o oceano e pousou
nos ombros de sua atlântica solidão

Quem dera fossem as gentes

– nesse tempo de tanta dissolução e fatalidade, de pouco
alimento e muito abismo

tão eficientes
como esses insetos
em seu inquietante e organizado
comício

INDAGAÇÕES

Não me perguntem
sobre o amor e a morte

Não tem graça
sabermos tudo,
ter a chave da verdade,
a definição
de todas as coisas

Sísifos escalando essa imensa angústia tropical,
para isso fomos feitos:
semear um latifúndio de dúvidas,
onde a insaciável fome
todos os dias
muda de roupa

Até que um dia, o viver
– flecha que nos atravessa –,
entrará em repouso
            na noite deletéria que crescerá em nós
            com seus jagunços e escorpiões.

ARQUEOLOGIA

> *Só as casas explicam que exista*
> *uma palavra como intimidade.*
> RUY BELO

Volto a casa,
onde um dia as mãos proletárias
de meu pai
se consumiram em sonhos

E a visita
(mergulho no rio imóvel do passado!)
denuncia
o severo dormitório de fantasmas

O menino ainda sobrevive
no coração do homem refratário a crepúsculos,
prospectando
em meio à morte
(esse animal que nunca dorme)
o que restou,
                escondido
nessas paredes com varizes
nesses telhados cariados
nesse chão ganglionado de mofos
Continente abrigado
nas minhas lembranças,
a memória (barco ébrio lançando suas âncoras)
aporta-me
nesse esqueleto que foi um dia
              berço   prato   agasalho
                            destino

Na tirania dos cupins,
no festim voraz da ferrugem,
emoções antigas remontam
nesse vazio insalubre

em meio a álbuns decrépitos
irmanados na soez engrenagem
do tempo

Resta do inútil espólio
(inventário de fugacidades):

essas ruínas invertebradas
esses canteiros de fósseis
                inutensílios do que já não somos
nem seremos

UTENSÍLIO

> *E o poema cresce tomando tudo em seu regaço.*
> *E já nenhum poder destrói o poema.*
> ...
> *o poema faz-se contra o tempo e a carne.*
> HERBERTO HELDER

Num poema cabe tudo:

a escrita torta da solidão
os gatos de hemingway
os anjos de rilke
a tristeza do poeta juan gelman
o verme da fome corroendo os estômagos
a cólera e o espanto
a ditadura de deus
o funeral da tarde
a obediência dos rebanhos
o desacato da minha heresia
a insensibilidade dos poderosos
a agonia dos refugiados
a hediondez da corrupção
a humilhação dos excluídos
a antipoesia de auschwitz
o tiro que matou lorca
os suicídios de vargas e sándor márai
a bomba de hiroshima
o canal de suez
o maio de sessenta e oito
a primavera de praga

o discurso de martin luther king
a terceira margem do rio
os sertões que nos habitam
as guernicas contemporâneas
as baratas de kafka e de clarice
as carmens de bizet e mérimée
as metamorfoses da morte
as armadilhas do destino
a fecundidade do adeus
o contrabando da verdade
a coreografia dos danados
a arqueologia do caos
.
.
.
a lucidez lúdica do verbo

OUTONO

Carruagem levando foices
e os frutos do meu apodrecimento:
a minha derrota
sem nenhuma solenidade

SOLIDÃO

Costureira
de meus t(r)emores

Em vão,
requeiro sursis.

A MORTE DO AMIGO

Tua morte é imperdoável,
revela o desdém de Deus

Aqui,
do outro lado do Atlântico,
chega, irremediável e cáustica,
a escura notícia de tua partida

Eu procuro um verso, uma lâmina,
um instrumento qualquer
grave
público
visceral
que não respeite nada
para revogar essa sentença
         que desaba sobre nós
como o viaduto paulo de frontin

Mas sou desmentido pela verdade:
a usurpar-te a vida,
a orgia criminosa de uma septicemia

Agosto cai sobre nós
com suas intempéries
com sua foice e seu coice
alimentando o obituário
e sua ausência nos despedaça
com uma sombra severa

com uma mudez inutilizando sorrisos

E essa noite sem nome,
mas assassina

11 DE SETEMBRO DE 1973

No mesmo dia em que assassinaram Allende no Chile,
três playboys estupraram e mataram Ana Lídia em Brasília

Uma data que dói tanto
quanto a implosão do World Trade Center

Trigêmeas são as cicatrizes que nunca
cessarão,

impunes os criminosos de então.

FETICHE

Vivemos o tempo absoluto das competições,
em que tudo é produto
e nada prescinde do lucro

Nesse paraíso do deus mercado,
o capital é o ladrão
da subjetividade

CENA

curvado sobre a paisagem
pedala os estribilhos da memória
JÚLIO CASTAÑON GUIMARÃES

Este dia nasceu sem nome,
mas o ciclista
que pedala à minha frente

(contra a vida feroz e mecânica da cidade)

carregando o futuro
entre movimento e suor,
altera a geografia
desses olhos
acostumados
à boutique de inutilidades

AUTÓPSIA DO INSTANTE

> *Nada sobrou para nós senão o cotidiano*
> *que avilta, deprime.*
> CARLOS DRUMMOND DE ANDRADE

Nesse dia sujo e grave,
ao atravessar a Praça da República
(nenhum sol entre as ruínas),
contemplo aquelas vidas
(inquilinos do caos)
em seus rudes acampamentos de papelão,
domicílios da indignidade
na escória repetida dos dias

Refugiados
da opulenta miséria quotidiana,
a cena de chão improvisado
e bocas vazias
encena o teatro pleonástico
de um mundo que desaba com seus insultos
mas seus escombros
não afrontam
o comodismo e a inércia
que habitam os donos do poder
e os síndicos do capital
nesse país de desgovernos
                    e placebos

Feito corvos
predando o coração

dos nossos olhos,
esse repertório
   de fraturas expostas
   desastres
   & passivos
uma neblina que não se dissipa
     cega
     e avilta,
enquanto os homens dissimulados
enviesam entre os canteiros anônimos
e nesse oceano onde procelam tantas existências
não há cardumes de afetos

Saio daqui
e continuo a velar o meu espanto
com os punhos da minha insônia
e ergo um verso que não respeita
guerra nem apocalipses

e tenta apagar a caligrafia torta de deus

CARNIFICINA

Cada homem
essa carne sem nome
entre uma bala perdida e a destroçada esperança
na diária oficina da violência urbana,
açougue que animaliza o rebanho sem norte,
esperando o corte
                na vitrine fashion da morte
na cidade derrotada por metástases

DESLUGAR

Esse templo é o deus em que não creio.
DANIEL FARIA

Habito essa casa
que me desabita

Nela escavo o passado
encravado na memória
e em meio
a uma romaria de sombras
e aos detritos da história

tento reescrever a infância
de estilingues adormecidos
do menino sem comemorações
de coração exilado no impossível

Mas trago uma
bagagem de cinzas
do futuro que se consumiu
na doença dos dias

Inútil esforço,
elas não adubam
os canteiros de flores desidratadas,
num quintal de árvores enfermas

E são tantos os degraus

para a abominável queda
que minhas pernas pânicas
se refugiam na inércia

Esse lugar
         de tantas dúvidas e alçapões
         de devassas e remorsos
coloca neve em meus ouvidos
pedra nos ombros
carboniza os olhos
com o chicote de tantas chamas
das batalhas perdidas

ANOTAÇÕES

Para suportar tanta realidade
eu me embebedo de inquietações

Essa noite com a fome das insônias,
atinge-me como um relâmpago
para que não me apague

VIRTUALIDADE

Já não é de hoje
esse deserto de almas
despovoando cada pedaço de chão
aniquilando todos os espaços da casa
exilando uma a uma as estações de trabalho
(com seus currais de vidro e silêncios)
homiziando restaurantes e temp(l)os,
esterilizando lares e consciências
impondo a cizânia nas escolas
e a recusa de abraços.
Eis o homem em sua visceral necessidade
de estar-no-mundo,
ausentando-se do verdadeiro planeta
em que deveria coabitar.
Conectado ao resto,
desconectou-se de si

[desconexa conexão].

Feras nessa selva digital,
a presença virtual nos tritura,
iluminada pela ditadura letal da tecnologia
impondo-se como animal indomável,
apartheid afetivo que esse novo fetichismo instaura
(celulares, smartphones, sms, whatsapp, twitter, ipod, ipad, lives).
Essas antenas da deserção do essencial
esses polvos tentaculares a devorar o sensorial
– síndrome do mundo cão e sem limites –

exila corações,
(mentes plugadas no anonimato)
coveiros dos sentimentos
implantando a era da coisificação e etiqueta
num tempo de próteses de gestos e sentidos,
de corpos impostores alienando toques.

Vejo uma nação de inquilinos da mudez,
uma pátria gerida pela abissal não-convivência
(reinado do ter, morte do ser),
onde diálogos e olhares
são relegados ao escuro e ao anonimato
na rede social com suas aracnes a nos devorar.

Há mais abismo entre um ser e outro
na mesa surdo-muda do McDonalds
que entre um meteorito alucinado varando a atmosfera
e o chão imprevisto que o espera.

Ah, José Paulo Paes, como tinhas razão em sua
agudíssima sentença,
        [pletora da verdade que nos atravessa como um raio,
                impondo ao real a desumanidade fabricada]:
"acabaremos vidiotas e internéscios".

...

Ruínas de um século adolescente
na ereção desse tempo sem linguagem nem emoções...

SÁFARA SAFRA

Jardim exíguo
com suas plantas repletas de tumores
flora malnascida em canteiros hesitantes,
onde as estações enlouqueceram
e a morte é um destino

No ovário da noite absoluta,
sintomas da desordem
onde tudo é incerteza
e uma overdose de dilúvio

Amor inabitado
com sua memória intangível
ensino de misérias
e outras lições de espanto

Nesse tempo de barbáries,
de vinganças com seus enfeites,
só conhecemos ausências

Longe da voragem da carne,
nos intestinos da ira
recolhemos o ácido do mundo

Nossos olhos encharcados de tanto desdém
e na febre das insânias,
em meio ao colapso da vida,
recolhem a sonegação do instante

TEMPO DE BARBÁRIE

Todo conservador é um pulha
com hemorroidas no olhar
e flatos no coração:

sua alma funerária
é assassina de sonhos

CONFIGURAÇÃO DO ESPANTO

Homens entre dejetos
seres sem desejos

ENCHENTE

Rio gordo
(de)morando em nossas casas

PASSAGEM DE NÍVEL

Entre nós
(véu ou abismo?)
há uma tênue
      mas torpe
           fronteira

OS RETRATOS

> *O tempo andou aqui com o seu peso, esmagou, quebrou os selos.*
> HÉLIA CORREIA

Ali estão,
onde nascem
vivem

(e não morrem)

e restam eternamente

renovando a vida
dos mortos

Ali permanecerão,
imunes à balbúrdia acrobata dos insetos
em seu altar
de silêncios
e inatividade

CENÁRIO

> *... que faz um poeta*
> *entre destroços?*
> INÊS LOURENÇO

...e essa miséria colonizando nossos olhos
já tão mecânicos
em seu longo jejum de belezas

Radar dos meus espantos,
eles contemplam fatigados
esse inventário de sombras
e um vórtice de desesperos

A realidade
trazendo emoções espúrias
nessa indisciplina
de ser animal entre homens
de querer ter alma entre destroços
de pertencer a
    outro tempo
    ou lugar

Nesse despudor,
o destino sem rosto
mas pleno
  de restos,
dispara suas flechas ensandecidas
e arbitra uma noite mineral e oblíqua

sobre as não-vidas
pagando pedágio
na alfândega de refugiados

exclusão
          quotidiana,
máquina de
torturas esmagando
          sonhos

assinala a precoce vertigem desse século
e me faz habitar a angústia, essa pátria interior.

POEMA SOBRE UM TEMPO INÚTIL

Flecha metafórica do passado na memória,
arbítrio do tempo na epiderme,
esse outono que desagasalha as árvores
instaura a noite crucial, homogênea e absoluta

e impõe seu calendário de tumefações
numa *cavalgada frenética de desacertos**

Fatigam-me os tecidos
e – como um terremoto (essa revolta incontida dos silêncios) –
a realidade agride meus olhos,

esse radar dos meus espantos,
rastreando a política no caos
com seus animais purulentos
e sua indústria de incestos.

No vértice desse momento desigual
uma extenuante jornada
com nossos fígados debicados de Prometeus
acorrentados

Nesse circo, a vida mecanizante
e anestésica
nos transforma em prótese
do nada

Habitamos
uma

constelação de anonimatos
vomitamos
emoções espúrias

E saímos caminhando no breu
atolados no estrume
dessa madrugada indissolúvel

E uma fornalha na consciência
nos traz o exato complô das insônias

---

* *In* "Maina Mendes", de Maria Velho da Costa

SEM TÍTULO

> *Entre ruas e rostos há fragmentos de solidão*
> *que denunciam a trágica expressão da vida.*
> GRAÇA PIRES

É inútil ser
   caule
     folha
      fruto

nesse jardim desmantelado

onde florescem bactérias
e um pomar
carregado de dúvidas
sob um sol se pondo
     ainda ao meio-dia

Pois vem a Morte
impondo sua noite eterna
com uma fome insaciável
com seus desertos
sua secura
e sua falta de fraternidade

Flor tentacular
de múltiplos açoites
emboscada
sob uma luz extraviada
     num canteiro de infâmias.

ESTRANGEIRO

Não tem lugar
o homem de corpo e alma
nessa inexpugnável
selva digital

Cada ser deixou de ter
coração e linguagem
perdeu-se numa imensa teia

      devorado pela escuridão do não-ser.

Não-lugar
de tantos exílios.

APOCALIPSE NOW

A realidade
com seus cupins de aço
essa coisa exata, viva e
imutável
        como a morte.

Um tempo de metástases:
ruína da civilização.

IDENTIDADE

Quando escrevo,
há um rebanho atormentando
dentro de mim

E o poema,
único lugar onde a
verdade mora sem
se corromper

FUGA

Rio: corpo
sem nenhum limite
por onde
indiscretamente
me entrego ou escapo.

GOLPE

Esse presente
com sua fecunda
gestação de passados

dará à luz
as cicatrizes
do amanhã

DESCONSTRUÇÃO

Essas pedras,
eis o que restou
de minhas perdas.

EPIGRAMAS
(OU CONTABILIDADE DE PASSIVOS)

1.
a melancolia traz notícias
de um rio implícito
escoando até a península
dos meus nervos fatigados
: seus afluentes
carregam romarias de infortúnios

2.
sou homicida
no minifúndio
desse planeta sem pedigree
com sua fatalidade genética
postergando desastres

3.
desabit(u)ado do tumulto
dos sonhos
na companhia
das desilusões no cio
é o que me diz aquele homem
(imune à babel de tragédias)
atravessando a rua

4.
a memória rapta-me do presente
e me lança no rio nebuloso

das lembranças do passado
e na
transfusão de tanto mofo,
o espelho partido
dos meus anos

5.
sem margens nem ondas criando estrias na água,
eis a solidão requintada
onde moram todos os delírios
e fracassam todos os desejos

6.
silhueta devolvida ao acaso,
teu rosto amplia o caos

7.
a saúde da morte a espreitar
a zelosa engenharia das doenças

8.
rosa súbita e enfática,
o sorriso da criança
que passou por mim
impugnará a aridez da cidade

9.
o vento e sua musicalidade sinistra
lembram-me o deságio de viver,
mas um lúcido espanto
esteriliza meus olhos

de tudo que não posso ver

10.
ruína, essa deusa que fertiliza a morte
bile, a seiva que irriga o ódio

11.
sob o arbítrio do tempo,
esse roedor implacável,
os dias são assassinos
que não se julgam

12.
sob a vigilância do relógio,
esse predador contínuo e sutil,
alzheimer visita a família
e deleta os álbuns

13.
a morte em sigilosa
empresa pelas vísceras
alimenta a cobiça dos vermes
em sua oficina recôndita e enérgica
(fauna de animais me devorando por dentro)

14.
epicentro do meu desgosto,
a vida é essa caravana desolada e sem rumo

15.
a burrice (é) radioativa

impondo seus colapsos e misérias

16.
essa tarde está contaminada
pela fome que ergue seus andaimes
com olímpico apetite
como naquele último dia de março (e seu filhote de 2016)
em que a democracia em meu país morreu de anemia

17.
carrossel vertical
as nuvens dizem
que podem mais

18.
tão inóspito
como o meu corpo em ruínas
tão exato
como uma verdade matemática
o mundo
triste e monótono como um feriado

19.
nesse inventário de cicatrizes
onde recolho os cacos
de meus vitrais da existência
embarco numa
viagem ao inominado:
miséria, guerra, corrupção:
verdades que prosperam
e me prostram

20.
tudo que me trazem
esse tempo e essa geografia
é um arrolamento de fraturas expostas

21.
caderno de desapontamentos:
palavras adubando
um futuro embalsamado

22.
após os abismos
os amigos foram-se todos:
só os inimigos continuam fieis.

ESBULHO

Vejo os psicanalistas
como espiões da intimidade:
não pagam pedágio
nas alfândegas do meu

                      medo

É breve o seu reinado,
mas perduram
as cicatrizes
de tão autorizada intromissão

Continuam vivos
todos os fantasmas,

não há divã
para os meus espantos

MUNDO ANTERIOR

A água tímida
dos rios
não se acovarda
à avarenta
sede dos mares

CATACUMBAS DE PARIS

Não sei o que pensam de mim
aqueles rostos secos sem face
fixos na imortal penumbra:
deixaram de ser humanos?
FERNANDO PAIXÃO

Ao sair da estação Denfert-Rochereau
do Metro
desço ao labirinto de ossos
como se conduzido
por um passaporte proibido
nesse espaço conflagrado
onde não chega a luz indecisa
dessa manhã fuliginosa.

No subsolo parisiense
carunchado de galerias
o rude inventário
de uma solidão sem voz
pulverizando memórias.

Que espíritos
habitaram aqueles corpos
agora entregues
à impessoalidade
e à coletiva escuridão?

Que sangues
correram naquelas veias
agora desidratadas

pelos decretos de Cronos
nesse canteiro de vértebras inertes?

Quantos aqui
      sucumbiram à peste?
      enfrentaram os punhais cintilantes das tiranias?
      são vítimas de paixões suicidas?
      foram demonizados pela Santa Inquisição?
      ou arrolados nos cadastros da miséria?

O presente não redime
o passado
nesse alojamento sombrio
de esqueletos
que jazem num mundo insalubre
e sem sentidos.

Entre os membros misturados
nesse armário subterrâneo
de histórias anônimas
e o fatal miasma
de nunca mais existir,
a transitoriedade fertiliza esquecimentos,
enquanto a noite iniludível
declara os escombros do que seremos
no solene império da morte.

Perdido nesse
arquivo de ausências,
como catalogar

nos escaninhos do jazigo abissal
tantos rostos sem nome
desfeitos pela verdade?

Paris, novembro de 2018

APARIÇÕES

> *Sou eu meu próprio bicho nesse quarto.*
> GUILHERME DELGADO

Enquanto a chuva não vem
as nuvens caluniam a paisagem
e silhuetam
estranhas formas.

Aqui dentro,
espiam-me da estante
os versos graves de Maria Gabriela Llansol
as histórias de escuros e sombras de Poe
o escrutínio existencial de Céline
e a maçã breve e profética de Rawet.

Imerso nesse outro tempo
e na abissal verdade de tantas palavras
o mundo em derredor
é um canteiro assim de mágoas.

Mas com os passos em volta do meu quarto,
em companhia de Herberto Helder
e Xavier de Maistre

       [viagem ao coração do instante]

entre as baratas de Kafka e de Clarice
e os bisonhos seres
de Augusto dos Anjos

sou o único inseto
despreparado

consumido na vertigem desse dia
à espera da vagina da noite.

SÚMULAS DA NOITE

> *O que diz a noite profunda?*
> *O todo, o nada.*
> ANDERSON BRAGA HORTA

Na vigília,
colho abundância de vertigens

em meio à escassez de todas as promessas

Os olhos do espanto
me vigiam
e acusam o golpe
das Parcas

Na profunda escuridão
os fantasmas visitam
meu son(h)o
inaugurando pesadelos e
hospícios

Levanto bem cedo
e o mundo (renovando presságios)
            escoiceia-me ainda na antemanhã

com seu tropel de nadas
e um curral de fatalidades

(instruções de um mundo se desdizendo)

e pela tevê fico sabendo
que um poeta morreu

não sei se foi de câncer, ou de acidente
se atingido pelos mísseis que caem na Síria,
ou desabituado de viver

mas um homem não há mais
e ele fazia versos:

eis a tragédia.

DIALÉTICA

Foi nos *outlets* do afeto
que ele encontrou um amor
sem defeitos.

SONDAGENS

Mineral e expectante,
o olhar sonda-me,
punhal bilioso,
escrutinando o inútil

Dentro,
o peito é um cemitério
de impulsos
e uma obesa escuridão

Fora,
o mundo é uma
indústria de escárnios
e horrores

Nesse
mar de desacatos
sou o catalogador de intransigências

Não quero me subalternizar
ao comércio de sensações
em que se transformou
a existência
entre
fetiches fantoches deboches

Se chove,
a hemorragia vertical

não consegue lavar
o aparato insalubre
que contamina o dia-a-dia

Náufrago
nesse mar de obstruções,
minhas pálpebras
são gárgulas hemorrágicas
num edifício em ruínas

A rua em frente
é tão estúpida quanto
o rio nervoso da realidade
que invade nossas casas

O mundo
(e seu comércio de indignidades)
é um carrossel alucinado
de emoções divergentes
como a Justiça, esse navio ébrio
e indigente

Em meio ao escuro
tiranizando a noite,
a lua hesitante e gangrenada
tenta impor sua luz

Resta o vento
traficando más notícias
e as religiões matemáticas

ensinando que dos homens
só conseguimos extrair
a raiz quadrada do ódio.

NAUFRÁGIOS

Há rios em mim que nunca supus ter.
RONALDO COSTA FERNANDES

Às margens do Tejo
naufrago o tédio de existir

À parte o assédio de outras águas,
é esse o mar oceano que me acolhe,
Nínive recolhendo
o vômito de outro ventre
a me cuspir

Caos à deriva,
dissidente embarcação apascentando delírios,
meu olhar medieval navega
numa solidão atlântica
em outros rios desconhecidos
que por dentro me bifurcam

Nau sem bússola
desconhecendo a legenda dos mares
desembarco numa infância pagã
ancorada num cais sem metafísica

No dorso veloz do passado
(esse outro Lete que me deslembra)
não posso mais cavalgar

Lisboa, janeiro de 2011

CHIAROSCURO

toda a minha noite é um auto de fé.
JORGE VICENTE

Os dias chegavam-me,
mas nem sempre claros.

Só a noite,
sempre pontual
e inequívoca,
trazia-me de longe
os seus fantasmas

Em meio aos flashes
de uma lua indecisa
na coreografia
das nuvens

uma oblíqua incerteza
dinamitava
meu espírito insular

ORGANIZAÇÃO

As formigas seguem
imunes ao meu olhar
e ao estardalhaço
            dos ruídos urbanos

Mundo em miniatura
e nenhuma contenda
sem taxas de juros
sem privatizações
nem arames farpados,

não conhecem a fissão nuclear
muito menos os heterônimos de Pessoa
ou se D. Sebastião desapareceu na batalha de Alcácer-Quibir

Não há metafísica ou chocolates
que a desviem do caminho,
mas sentem,
íntimas do abdômen da Terra,
o seu grito mais humano

WALL STREET

Somos todos
vítimas do mercado,
esse polvo argênteo
com seus músculos insones
a nos enredar em seus braços
e entoar seu mantra
("in god we trust"):

hipnose com o veneno de seus fetiches

SONHAS...

> *A liberdade absoluta é maior que Deus.*
> RICARDO GUILHERME DICKE

    ... no entanto, perdes
a liberdade
de não ter que pensar
         ou almejar nada.

Sonhar
não passa

de uma ilusão adiada
consumida por cupins

escravidão-lâmina
da inútil espera

     esse aço a nos esventrar

símile do engodo
de acreditar num Criador
ou temer o inferno

Romper amarras
e desatar algemas
       de qualquer pretensão

à eternidade
ou à bonança:

eis a possível fé

GOLPE (II)

Já é cadáver
o dia

Mas a noite,
inviolável e corrupta,
cresce na vida
do meu país.

DES(A)TINO

> *Já não sou. Como na morte,*
> *minha pele é tempo.*
> ALEXANDRE PILATI

O futuro que não vem
é todo feito de
          inacontecimentos.

Suas mortes já chegam

embaladas no *tupperware*
do caos,
com o alimento dos dissabores

A vida plastificada
e entregue em suaves prestações,
legitima a bovina condição

arquétipo desse tempo de
coisificação
                    e
                              etiqueta

de re(l)ações burocráticas
e amores transgênicos
a preços módicos
nos outlets sentimentais

Os desejos inapreensíveis
fermentam melancolias
e
no comércio habilidoso
e sem interdições
de mecânicos interesses
e seus rituais de tédio,

o corpo arregimenta
os diários infortúnios
na liturgia desumana
das guerras que nos corroem
feito cupins de aço na consciência.

Em cada canto
a mesa posta
para a viagem ao desacontecer.

Existir
é esse rio insone e tumultuado
(ora leito ressecado, ora água enxundiosa a nos desertar)

com seu cardume de insolências:

é sócio de Cronos
com seu museu de ferrugens
esterilizando as artérias
e guantes de aço
tatuando vertigens na pele,

varão das Parcas para o insaciável banquete dos vermes,

é leão-de-chácara
na festa dos micróbios

na carne violada,
essa casa aviltada pelo desastre.

À MANEIRA DE T. S. ELIOT

(NUMA VISITA A DACHAU)

É o tempo de cimento, da volúpia das batalhas.
JAIME ROCHA

O XX foi o mais asqueroso
e cruel dos séculos
com sua contabilidade selvagem,

impiedosa realidade
da qual nunca nos libertaremos.

Entramos numa nova era?
Quanta náusea já nos causa
o novo milênio
com seus sórdidos guichês.

Mal nasceu,
já entrou em concordata

anunciando seus abismos
escândalos
naufrágios
mortes.

Tempo de corações monolíticos
sufrágio de debilidades
combates pela hegemonia.

Vamos julgar o quê,
quando a Justiça de torniquete
não estanca a dor dos refugiados?

Todo tribunal é débil:
nenhum Nuremberg vai resolver as cicatrizes
pois as mortes não são devolutas
nos fornos criminosos
da História.

A terrível gramática da escuridão
perpetra-nos ainda a conjugação
do pior dos verbos.

Nesse mundo de horror
e decomposição
a poesia é inegociável
diante da dor de amar
um futuro ilegível,

cadáver da indolente espera
que apodrece de passados

espessa e fatal realidade
contaminada de passivos.

Vida esquemática
e tumultuada

a fúria da Insaciável
com seu comércio de misérias
e reiterado cansaço do existir.

Essas décadas de mapas devastados
criaram um outro
mundo,
época de litígios
em que somos reféns do medo,
habitando as vertigens,

essa inóspita e surda enfermaria,
essa
contrária energia da inércia.

Nuremberg, fevereiro de 2013

CLARO ENIGMA

Dentro da inércia
o coração flutua

enquanto

insetos cortejam a luz pálida
do *abat-jour*
e bailam para a morte
no choque contra a vidraça.

A felicidade é tão remota
quanto o uirapuru,
nesse quarto arruinado,
onde a única novidade
é a sensação funerária
de derrota.

SAN(T)IDADE

Arthur Bispo do Rosário

ESTAÇÃO ADVERSA

> *Pois não. O passado é um país estrangeiro,*
> *mas é esse para sempre o nosso país.*
> LUÍS FILIPE CASTRO MENDES

A viagem ao passado
nunca regressa:
na combustão da memória
sinto um cão
chafurdando o íntimo,
adulando um cardume de açoites.

Animal lambendo a ferida,
escória num continente esquivo
onde adubam-se canteiros de melancolia.

As cidades nomeiam
seus mortos
e as efígies de bronze
como tobogãs de insetos,
e seu repertório de excrementos
deixam-nos mais vivos
do que nós:

resistem em meio à ausência de bússola
e à fecundação do precário
em tempos de ilusões no cio
e colheita de fósseis do nada.

Martelo feroz da existência
essa música do tempo tutelando meus dissabores
notas culminantes feito lâminas:

é o fado
ou o fardo da vizinha crente
com besouro na garganta
sibilando, diarréica, salmos em desvario,
acidente
na rota de minhas insônias
quando viajo em galáxias de sangue.

Há um mundo dentro das palavras
(máquina soturna)
que tento desbravar:

esse promontório
que é sedução
                    ou abismo.

INVENTÁRIO DE RUÍNAS

Vê o mundo, o mundo tem uma lâmina.
GONÇALO M. TAVARES

Queria ser como Manoel de Barros,
adestrador do insondável:
ver poesia em tudo aquilo
que não há sentido para nós

como o flutuar do beija-flor
e as bicicletas fulminantes de Leônidas da Silva
ou um helicóptero pairando
sobre o nosso espanto

Enquanto isso, o mundo vinga-se
dos poetas
com sua lâmina mordaz
com notícias de um tempo extraviado
e seu fulminante comércio de inverdades

Com sua caligrafia nas águas
o artista é um domador de relâmpagos
tentando não sucumbir à inexatidão de viver
nessa sintaxe do caos
sob a fuligem de tudo que é
torpeza
esmorecimento
vertigem
& anonimato

No terror hemorrágico desses mares

de barbárie e incivilidade,
embriões de novas guerras e tiranias
vêm a jato na crina insone
de ventos a inventar invectivas
nos meus pensamentos

Dissolvida na escuridão,
a esperança digladia
em vão
contra o escárnio
de habitar cada um de nós
em chão estrangeiro

Fere-nos esse país dos enganos
imerso numa eterna noite tropical,
como cadáveres do dia
somos jogados no convés
de um barco ébrio

Os homens não guardam nenhum vestígio
do que foram,
insetos hipnotizados pela luz mortiça
de um passado que se repete
sem nenhum pudor
com sua fúria industrial
imune ao pranto coletivo
diante do naufrágio do sol
nesses dias de desencantos
virtualidades
e uma total e mecânica indiferença.

HERACLITIANA

que rios sou hoje?
OZIAS FILHO

Nas águas peregrinas
do obeso rio da minha infância
(esse mar de naufrágios precoces)
lanço meus ouvidos
e ausculto o pranto
dos meus barcos de papel
(titanics abalroando icebergs de dúvidas)

Nas correntes de indagações
navegam as apreensões
de um distante passado
insularizado na memória

Agora, são as horas mortas
que contemplo à beira de um
outro leito,
diversa e líquida geografia
onde pululam irreconhecíveis cardumes
e meus braços estrangeiros
não reconhecem mais
os tiradores de areia
que ainda resistem sobre o cemitério de anzóis.

PECADO ORIGINAL

Num mundo convertido
em paraíso tecnológico
a maçã da Apple
é mais venenosa que
o fruto proibido
que condenou Adão
e Eva.

Barcelona, novembro de 2018

NESSES TEMPOS DE FAKE NEWS

> *Não previmos que a isto chegaríamos?*
> *A este dia sem entendimento quando o sol ainda brilha?*
> GASTÃO CRUZ

Em sua atarefada vingança
os bárbaros modernos
cavalgam no dorso
de um exército demencial de fanáticos
com sua urgência encarnada
trazendo uma caravana de trevas
e fezes corrosivas do amanhã.

Num mundo sem explicação,
a vingança,
      esse deus iconoclasta
      plantando mentiras
      em jardins transgênicos,
      vencendo nossa fome inerte de futuro,
chega vestida de sombras
com sua incorrigível truculência:

expõe-nos, feito organismos eviscerdos,
à fúria desse rio insano de dejetos
ou à mentira dos guichês de Curitiba.

Sim, Ricardo Aleixo,
nesse país repleto de contenciosos –
de diques rompidos

transfusões de lama e ódio
e sem futuro –
conjugamos
"outro verbo sem presente: morrer."

NO PÈRE-LACHAISE

Enquanto visito o túmulo
de Sadegh Hedayat,
escritor persa que se suicidou em 1951,
abrindo o gás no nº 37 da Rue Championet,
meus olhos passeiam inquietos;
os sentidos, fugidia embarcação,
procuram no oceano de jazigos
e sua vegetação de ausências
um último sentido para a vida
e afundo-me no inominado
nessa coleção de oráculos do Nada
aqui, onde a morte nunca envelhece.

Vizinho de Proust,
o autor de "Coruja cega"
divide na tarde parisiense,
despovoada e sombria,
um silêncio tão pesado
quanto o Monte Damavand.

Vou em busca de um tempo perdido
em meio dessa colônia inerte
onde cresce a linguagem das sombras
e penso em Atma, o cão de Schopenhauer,
e no quanto foi mais feliz
que o resto da Humanidade.

Paris, novembro de 2018

OUTRAS LIÇÕES DO ABISMO

1.
O Pomba,
esse Tejo moribundo que corta minha cidade:
antes rio piscoso e prestativo;
hoje,
serpente inanimada rastejando pela calha.

2.
Capatazes de uma fé demencial
e fraudulenta
máquina de gerar imbecis,
domesticando o insulto,
fermentando a ignorância,
os evangélicos hipnotizaram o Brasil
e alimentaram o ovo da serpente
aninhada no Planalto.

3.
O mesmo silêncio ruminante do deserto,
onde a orgia do desalento se torna mais carnal,
eis o que me ensina Cataguases:
a cidade sem memória,
cemitério dos vivos.

4.
Tempo,
esse rio subterrâneo a nos solapar.

5.
Morrer é o que há de súbito e verdadeiro na vida.
Morte, essa máquina repleta de paciência e amavios.
Asséptica e obscena, a Insaciável, se renova a cada
desesperança:
metódica, pontual e iniludível, está viva e faminta.

6.
Queria enxergar como Borges,
que não teve tempo de ver com os próprios olhos
mas ninguém como ele,
soube sentir a verdade da vida,
essa máquina de gerar cadáveres.

7.
Lugar sem nome, tempo de ventos cínicos
o cemitério em frentes me dá lições que nunca morrem

8.
A corrosão dos cupins
nomeia o que em nós não se define.

9.
O que é Deus?, perguntou o Menino.
— Deus é uma prisão! respondeu o Homem.

10.
O homem é sempre um anônimo animal em fuga
a enfrentar a veemente mecânica das trevas
e a indiferença coletiva em pleno cio.

11.
Esse é um tempo de afetos destruídos,
de alfabetos desmontados
com os punhais do silêncio
e canteiros onde pastam nossos fantasmas.

12.
Nesse inverno
o único aconchego
é o da memória:
esse animal estropiado
que nunca se finda.

13.
31.08.2016:
nunca foi tão claro
o escuro dessa noite.

14.
Exegese:
Deus é tão fugaz
e distante de mim
como um cometa.

15.
O que vem bater ao cais
da minha morte
é a minha vida que o mar vomita.

RELEMBRANDO PESSOA

> *O rio que me banhou na infância*
> *ainda me reconhece?*
> IACYR ANDERSON DE FREITAS

Não é o Tejo   nem o Tâmisa   sequer o Tibre
não é o Douro   nem o Doce   ou o Danúbio
tampouco o Eufrates   ou o Elba

muito menos o Missouri Mississípi Ródano Reno
nem o Ganges o Nilo o Volga
                     sequer o Jordão ou o Mekong

não são esses os rios
que atravessam a minha aldeia
com seu voo aquático na manhã aguda.

É o Pomba
o rio da minha cidade
que (per)correu minha infância
e ainda (es)corre em minhas veias
fatigadas do inútil navegar.

As mesmas águas
que me (en)levaram
agora o transformam no meu Estige,
cemitério de anzóis
onde adernaram meus barcos de papel

e no menino que f(l)ui,
navega o homem feito de memórias
nesse leito
onde em cada dia
seus braços batalham contra o Lete
e tentam exorcizar Caronte.

... subo as escadas de mim mesmo
tropeço nos degraus de mim mesmo
caio no abismo de mim mesmo.

FERNANDO CAMPOS

"O homem da máquina de escrever"

Tudo aquilo que aqui escrevemos
não tem talvez nenhum sentido no plano real.
Nós contorcemo-nos à beira do abismo
mas só o abismo é verdadeiro.

ROBERT BRECHON

"Meditações metapoéticas"

ÍNDICE

Espólio 9
Alçapão 11
Cheias 12
Tirania 13
Corpo 14
Memento mori 15
Anotações 16
Tempus fugit 17
Luto 18
Urgência 19
Moldura do invisível 20
Desabrigo 21
Deserção 22
Passageiro da véspera 23
Explicação do fim 25
Liturgia 27
Da iniludível 28
Desenlace 29
17.08.2017 30
Natimorto 31
Pórtico 32
Apócrifo 33
Cena 34
Víbora 35
Calendário 36
Diagrama 37
Cemitério 39
Tarde 40
De amar, desamar 41
Viagem ao coração do instante 42
Glosas 43
Fragmento 44
Velho Testamento 46
Ousar para não morrer em vida 47
Observatório 48

Registro 49

Palimpsestos 51

Bronze 53

Flagrante 55

(Des)amar 56

Hesíodo 57

Rendição 58

À deriva 59

Poema sem explicação 60

Ilha 61

Colheita de desalentos 62

Menu do dia 63

Dialética contrária 64

Exílios 65

Deambulação 66

A casa 67

Cenários 68

Domingo, à tarde 70

Tatuagem 71

Indagações 73

Dissensões 75

Grafito no wc 76

Sísifo 77

Urgência 78

Catálogo funerário 79

Hiatos 81

Conversa com Adélia Prado ... 82

Lete 84

Cataguases 85

Visita 87

Memória 88

Escombros 89

Até quando? 91

Confiteor 92

Rio Meia Pataca 94

Anotações num domingo ... 96

Outras cigarras 98

Indagações 100

Arqueologia 101
Utensílio 103
Outono 105
Solidão 106
A morte do amigo 107
11 de setembro de 1973 109
Fetiche 110
Cena 111
Autópsia do instante 112
Carnificina 114
Deslugar 115
Anotações 117
Virtualidade 118
Sáfara safra 120
Tempo de barbárie 121
Configuração do espanto 122
Enchente 123
Passagem de nível 124
Os retratos 125
Cenário 126
Poema sobre um tempo inútil 128
Sem título 130
Estrangeiro 131
Apocalipse now 132
Identidade 133
Fuga 134
Golpe 135
Desconstrução 136
Epigramas 137
Esbulho 142
Mundo anterior 143
Catacumbas de Paris 144
Aparições 147
Súmulas da noite 149
Dialética 151
Sondagens 152
Naufrágios 155
Chiaroscuro 156

Organização 157
Wall Street..158
Sonhas...159
Golpe (II)...160
Des(a)tino..161
À maneira de T. S. Eliot..164
Claro enigma 167
San(t)idade 168
Estação adversa...169
Inventário de ruínas...171
Heraclitiana..173
Pecado original 174
Nesses tempos de fake news...175
No Père-Lachaise 177
Outras lições do abismo 178
Relembrando Pessoa...181

© 2020 por Ronaldo Cagiano
Todos os direitos desta edição reservados à Laranja Original.

www.laranjaoriginal.com.br

Editores	Filipe Moreau e Germana Zanettini
Projeto gráfico	Marcelo Girard
Produção executiva	Gabriel Mayor e Bruna Lima
Diagramação	IMG3

Dados Internacionais de Catalogação na Publicação (CIP)
(Câmara Brasileira do Livro, SP, Brasil)

Cagiano, Ronaldo
    Cartografia do abismo / Ronaldo Cagiano. –
1. ed. – São Paulo : Laranja Original, 2020.

1. Poesia brasileira I. Título.

ISBN 978-65-86042-01-6

20-34060   CDD-B869.1

Índices para catálogo sistemático:
1. Poesia : Literatura brasileira
B869.1 Maria Alice Ferreira - Bibliotecária - CRB-8/7964

Laranja Original Editora e Produtora Eireli
Rua Isabel de Castela, 126
05445-010 São Paulo SP
contato@laranjaoriginal.com.br

Fonte Dante / *Papel* Pólen Bold 90 g/m² / *Impressão* Psi7 / 3ª reimpressão / *Tiragem* 70 exemplares

COLEÇÃO POESIA ORIGINAL

Quadripartida	PATRÍCIA PINHEIRO
couraça	DIRCEU VILLA
Casca fina Casca grossa	LILIAN ESCOREL
Cartografia do abismo	RONALDO CAGIANO
Tangente do cobre	ALEXANDRE PILATI
Acontece no corpo	DANIELA ATHUIL
Quadripartida (2ª ed.)	PATRÍCIA PINHEIRO
na carcaça da cigarra	TATIANA ESKENAZI
asfalto	DIANA JUNKES
Caligrafia selvagem	BEATRIZ AQUINO
Na extrema curva do caminho	JOSÉ EDUARDO MENDONÇA
ciência nova	DIRCEU VILLA
eu falo	ALICE QUEIROZ
sob o sono dos séculos	MÁRCIO KETNER SGUASSÁBIA
Travessia por	FADUL M.
Tópicos para colóquios íntimos	SIDNEI XAVIER DOS SANTOS
Caminhos de argila	MÁRCIO AHIMSA
apenas uma mulher	ALICE QUEIROZ
a casa mais alta do coração	CLARISSA MACEDO
Pidgin	GABRIELA CORDARO
deve ser um buraco no teto	CAMILA PAIXÃO
caligrafia	ALEXANDRE ASSINE
kitnet de vidro	DIULI DE CASTILHOS
o idioma da memória	MÁRCIO KETNER SGUASSÁBIA
Para salvar a alma de um poeta	LAINARA
Na proa do trovão	MAURÍCIO ROSA
matéria e miragem	RICARDO THOMAZ DE AQUINO
não era uma cidade	RODRIGO LUIZ P. VIANNA
Véu de Netuno	MARIÂNGELA COSTA